Der 23. September 2017
Die unerträgliche Leichtigkeit

Milan Johannes Meder

Milan Johannes Meder

Bibliografische Information der Deutschen
Nationalbibliothek:
Die Deutsche Nationalbibliothek verzeichnet diese
Publikation
in der Deutschen Nationalbibliografie; detaillierte
bibliografische
Daten sind im Internet über http://dnb.dnb.de abrufbar.

Umschlaggestaltung, Herstellung und Verlag:
BoD - Books on Demand

ISBN: 978-3-7460-3657-1

Vorwort

Was ist die Seelen- oder Geisterwelt? Ist sie im Hier und Jetzt verankert? Oder ist sie reine Phantasie?
Gibt es wirkliche Erkenntnisse? Oder ist alles Jenseitige nur Glaube?
In der heutigen Wissenschaft geht es nur um objektive Fakten. Kommen wir damit wirklich weiter? Nein, die subjektive Annäherung an das Jenseits ist eine wichtige Voraussetzung. Wie geht das vonstatten?
Die richtige Stimmung ist wichtig. Verehrung! Verehrung von Wahrheiten und Erkenntnissen! Das Herz kann sich öffnen, wenn es zu etwas Verehrungsvollem aufsehen kann. Die Tiefen des Herzens sind wichtig! Nicht nur der Kopf! Ein tiefgründiges Gefühl!
Gibt es etwas Höheres neben mir? Oder sind wir Menschen der höchste Punkt der Evolution? Verehrung einem Höheren gegenüber?
In einem klaren Bergkristall, in einer aufblühenden Blume, im Vogelgezwitscher und in der Reinheit des kleinen Kindes ist etwas Höheres als in mir.

In dem Moment, in dem ich mich in diese Stimmung begebe, öffnen sich die Wesen. In der Verehrung der höheren Kräfte im Gegenüber öffnet sich das Gegenüber und die Kräfte fließen in mich hinein.

In der Kritik grenze ich mich vom Gegenüber ab. Die höhere Kraft des Gegenübers verschließt sich. Ich vertreibe damit die Erkenntnis.

Wer höhere Erkenntnis sucht, kann sie nur durch Verehrung in sich selbst erzeugen.

Die eigene Seele und das eigene Herz öffnen! Das richtende Urteil zurückhalten! Der erste Schritt ist also die Suche nach etwas Verehrungswürdigem.

Woran merke ich dann, dass sich meine geistigen Augen öffnen? Was nehme ich mit dem neuen Sehsinn wahr? Das sind die ersten Fragen, die man sich auf der Suche nach einer Erweiterung der Erkenntnisse stellen kann.

Der 23. September 2017

„Und Elohim sprach: Es werden Lichter an der Feste des Himmels, die da scheiden Tag und Nacht und geben Zeichen, Zeiten, Tage und Jahre und seien Lichter an der Feste des Himmels, dass sie scheinen auf Erden. Und es geschah also." 1. Moses 1, 14 u. 15.

Die Sternenkonstellation, die sich am 23. September 2017 ereignet hat, kommt nur alle 7000 Jahre einmal vor.

Am 23. September 2017 bekleidete die Sonne das Haupt der Jungfrau. Der Mond befand sich zu ihren Füßen. Und im Sternbild Löwe, das regulär aus 9 Sternen besteht, befanden sich die Planeten Venus, Mars und Merkur. Zusammen bildeten sie eine Krone für die Jungfrau aus 12 Sternen. Jupiter, der weise König, verließ in der Jungfrau den Bereich, den man durchaus als Gebärmutter bezeichnen darf.

Die Bibelstelle aus der Offenbarung 12, 1 und 2 kündigte diese Konstellation an: „Und es erschien ein großes Zeichen im Himmel: ein Weib, mit der Sonne bekleidet, und der Mond unter ihren Füßen und auf ihrem Haupt eine Krone mit zwölf goldenen Sternen. Und sie war schwanger und schrie in Kindesnöten und hatte große Qual zur Geburt."

Aus dem Sternbild Löwe kommend war Jupiter in das Sternbild Jungfrau eingetreten. Ende November 2016 war der Beginn der Schwangerschaft. Nach 42 Wochen (Schwangerschaftszeit beim Menschen) am 23. 9. 2017 hat Jupiter die Jungfrau verlassen.

Die Jungfrau konnte liegend am Himmel gesehen werden. Dass sich oberhalb von Jungfrau und Löwe das Sternbild des in den weiteren Versen von Offenbarung 12 erwähnten Drachens befindet sowie unter der Jungfrau eine Schlange mit einer Krone aus 7 Sternen über ihrem Kopf, ist auch ein tiefes Geheimnis, welches zur Offenbarung kommen wird.

Kann aber der 23.9.2017 wirklich der in Off. 12, 1-2 beschriebene Zeitpunkt sein? Dann dürfen wir erwarten, dass noch mehr biblische Aspekte um diese Zeit herum greifbar geworden sind. Nachfolgend sind einige Punkte zusammengetragen, die diese Hypothese stützen, wobei jeder Leser gehalten ist die Fakten für sich selbst zu beurteilen:

Die ganze Bibel ist durchzogen mit Zahlensymboliken, wobei die Zahl 70 sehr häufig vorkommt und eine wichtige Rolle spielte. So begann das Volk Israel mit 70 Seelen in Ägypten (1. Mose 46,27). Aus Matth. 24,32 wissen wir, dass die Wiederentstehung Israels ein vorausgehendes Zeichen sein wird. Diese erfüllte sich 1948, wobei man bedenken muss, dass das jüdische Jahr, in welchem dies geschah, im Herbst 47 anfing. Gehen wir 70 Jahre weiter, befinden wir uns am 21./22. 9.2017, also ein Tag vor dem 23.9.

Die Zahl 70 finden wir zudem im Psalm 90,10, wonach ein durchschnittliches Menschenleben ca. 70 Jahre währt. Christi Angabe kann man so verstehen, dass das Geschlecht, welches die Wiederherstellung Israels erlebt, nicht vergehen wird, bevor sich alle Vorzeichen erfüllt haben (Matthäus).

Aber auch die 42 Wochen der oben erwähnten Schwangerschaft könnten eine Bedeutung haben, denn 7x6 = 42, wobei in der Bibel 7 für die Vollkommenheit Gottes und 6 für den sich entwickelnden Menschen steht. Beides zusammen ergibt das „werdende Kind im Mutterleib", dass der vollkommene Gott ganz Mensch wurde (Joh. 1,14).

Interessant ist auch, dass eine Frau nach 3. Mose 12,4 nach der Geburt eines Sohnes für 33 Tage unrein ist und nicht ins Heiligtum treten darf – und exakt nach 33 Tagen, am 26.10.2017 sich der Königs-Planet Jupiter und die Sonne (das kosmische Herz) weitgehend überlagerten und den ersten „reinen" Kontakt hatten. Dazu kommt auch noch, dass die Anzahl Jahre die der König David in Jerusalem regierte auch wiederum 33 betrugen (1. Chr. 3,4).

Aber auch zwischen dem Ende des israelischen Unabhängigkeitskrieges am 10.3.49 und dem Blutmond am 13.4.49 am Passah-Fest lagen 33 Tage.

Über diese Zahlenmystik kann man nur staunen. Die Geheimnisse von Mikro- und Makrokosmos mit Bewunderung studieren!

Innenwelt und Ruhe

Wer möchte still und allein sein? Wer kann die innere Ruhe zulassen?
Augenblicke in aller Stille sind wichtig! Was öffnet sich in der Stille? Was hat mir der Kristall, die aufblühende Blume, das Vogelgezwitscher und das kleine Kind zu sagen? Kann ich alles „hören" und in mir nachklingen lassen? Sagt der Kristall etwas anderes als die Blume? Sagt mir das Gezwitscher etwas anderes als das kleine Kind? Was löst die Leblosigkeit des Kristalls im Gegensatz zum Wachstumsprozess der Pflanze in mir aus? Ich lasse alles nachklingen und versuche die Eindrücke zu verarbeiten.
Warum stoße ich gerade jetzt auf die größten Widerstände? Es fühlt sich wie eine Ohnmacht, ein Abgrund an! Ich will aufspringen! Ich will nicht verarbeiten. Ich halte die Anstrengung des Verarbeitens einfach nicht aus.
Genießen ist viel schöner! Warum sollte ich auf den nächsten Genuss verzichten? Es gibt noch so unendlich viel wahrzunehmen!

Andererseits gibt es eine Stimme in mir, die genau das Gegenteil sagt. Bleibe ruhig! Renne nicht von einem Eindruck zum anderen!

Welcher Impuls ist jetzt richtig? Womöglich beide? Wie finde ich das richtige Wechselspiel?

Was sagt mein „ICH" dazu? Wenn ich ganz ehrlich bin, dann ist der Genuss in Maßen ein guter Motor. Er öffnet mich. Zuviel davon verschließt mich aber wieder. Mein Motto ist also: „Genieße vorsichtig und bewusst! Begib dich dann zur Ruhe und lass es nachklingen."

Wie komme ich an das „ICH" des anderen heran? Muss ich ihn physisch vor mir haben? Oder reicht ein Gedanke an ihn?

Muss ich dabei ruhig sein?

Also, ich denke in Ruhe und lasse den Gedanken und das Gefühl nachklingen. Antwortet mir jetzt das „ICH" des anderen? Ja, im Nachklang, in der ruhigen Besonnenheit „antwortet" das andere „ICH" immer! Aber nur die Geheimnisse, die offenbart werden dürfen.

Der Wissende oder Eingeweihte hält sich an die Schweigepflicht! Es gibt ein Band, welches alle Wissenden umfasst. Ein Wissender ist mit allen Wissenden verbunden.

In der Ruhe kann er sich mit den Eingeweihten verbinden und mit ihnen über das geistige Band kommunizieren.

Ein weiterer Punkt ist, das Wesentliche vom Unwesentlichen zu trennen. Mit innerer Ruhe sich selbst von außen zu beobachten und den höheren Menschen in sich zu erwecken ist das Ziel. Der höhere Mensch wird dann im Alltag immer mehr die Führung übernehmen. Verletzungen, Ungeduld oder Ärgereien werden das Innere nicht mehr erreichen. Innere Ruhe und Sicherheit sorgen für die richtige Entwicklung des höheren Menschen. Die ihn umgebende Gedankenwelt wird wirklicher als die Eindrücke des normalen Lebens. Die Stille ist nicht mehr still! Das neue Leben beginnt! Der höhere Mensch bringt neue Kräfte mit sich! Der höhere Mensch führt zum ewigen Kern. Unzerstörbares und ewiges Leben sprudelt aus ihm heraus. Der höhere Mensch führt ihn zu den ewigen Geburtsprozessen.

Der Weg

Wo offenbart sich das Geistige im Physischen? Im Blick auf das Aufblühende einerseits und im Blick auf das Absterbende andererseits. Alle Geburtsprozesse im Pflanzen-, Tier-, und Menschenreich können eine gute Beobachtungsgrundlage sein. Alle Sterbens- bzw. Todesprozesse genauso! Es entstehen polare Gefühle! Im

Nachklang der Gefühle lassen sich unterschiedliche Qualitäten wahrnehmen.

Haben Sie schon einmal in aller Ruhe einen Sonnenaufgang über dem Meer aufgehen sehen? Sind Sie dann in die Morgenflut gesprungen? Was haben Sie gefühlt? Das ewige Leben? Ja, bei der Beobachtung der Lebensprozesse des aufblühenden Lebens kann exakt diese Gefühlsart entstehen. Um ein Beispiel für die Qualität des Aufblühens zu geben, möchte ich einen Gottesdienst erwähnen. Das Glaubensbekenntnis und der Text der Opferhandlung können den Menschen innerhalb von wenigen Minuten zum ewigen Aufblühen, zum ewigen Geburtsprozess führen.

Alles kann zu Christus werden. Und dieses Umgebende kann ein Teil von uns sein. Die äußere und die innere Sonne können zu einer Einheit verschmelzen. Dadurch wird der menschliche Körper zu einer gottdurchdrungenen Membran.

Zurück zu den polaren Gefühlsprozessen. Haben Sie schon einmal in aller Ruhe den aufgehenden Mond beobachtet? Haben Sie in diesem Moment an Ihren allerletzten Atemzug, an Ihr allerletztes Ausatmen gedacht? An den eigenen bevorstehenden Tod!

Das Gefühl des Sterbens kann mit dem aufgehenden Mond verglichen werden.

Durch diesen Pendelschlag der Gefühle bilden sich die neuen Organe aus. Es entsteht ein neuer Sehsinn! Unsichtbare Erscheinungen werden sichtbar auf dem neuen Lebensweg.

Ein weiterer Schritt wird das Zusammenfließen mit dem Gegenüber sein. Ein vollständiges Verschmelzen wird am Anfang natürlich nicht immer gelingen. Es ist aber das Ziel auf dem neuen Weg. Das Eintauchen in die Seele des anderen Menschen!

Alle höheren Wahrheiten können durch das selbstlose Zuhören gehört werden. Kosmisch möchte die Jupitergeburt in der Jungfrau uns auf diesem Weg begleiten.

Die zwölf Wege

Johannes fühlte sich wie ein nackter Wurm. Tief in seinem Innern wusste er, dass er sich von seinem Meister verabschieden musste. Bald würde es um ihn herum stockdunkel sein. Der Meister würde am Kreuz sterben und er müsste in der irdischen Finsternis zurückbleiben. Würde er über die Grenze zu seinem Meister ins Jenseits gelangen? Nein, er würde sich langsam vorantasten, aber nicht mit seinem physischen Leib in die andere Welt hineinkommen können.

„Wir müssen uns vom Meister trennen, um mit ihm eine neue Verbindung aufbauen zu können. Nur dann kommen wir in die unerträgliche Leichtigkeit", sagte Johannes zu Judas.

„Ja, wir müssen uns trennen. Ich habe ihn verraten, um am ewigen Leben teilhaben zu können." Judas war der Verräter unter den Jüngern. Beim letzten Abendmahl bekam er einen eingetauchten Bissen vom Meister.

Das war das Zeichen.

Und nach dem Essen fuhren die schlimmsten Zeitvernichtungsgeister in den Verräter. Jetzt hatten die Zeitvernichter endlich wieder ein Herz erobert. Würde der Plan gelingen? Würden sie endlich die göttliche Liebe zu den Menschen vernichten können. Die Vorsitzende im Zeitvernichtungsstrom war voller Euphorie. „Wir haben ihn in der Zwickmühle. Er wird endlich seine weltliche Macht zeigen und uns mit unseren Heerscharen Einfluss auf sein Herz gewähren müssen. Oder, wenn er die Macht nicht zeigen würde, würde er jämmerlich am Kreuz zugrunde gehen. Auch dann hätten wir gewonnen." Tosender Beifall und manisches Klatschen kam aus hunderten Reihen der Zeitvernichtungsorganisation.

„Was du tust, das tue bald!" sagte der Meister zum Verräter. Niemand von den Jüngern, außer Judas, der Verräter, wusste, wozu er es ihm sagte. Auch Johannes konnte sich den Kreuzestod seines Meisters noch nicht vorstellen.

Als die Juden ihn dann gefangen hatten, wollten sie ihn töten. Sie mussten ihn zu Pilatus bringen. Pilatus sprach zu ihm: „Bist du der Juden König?" Er antwortete: „Redest du das von dir selbst oder haben es die anderen von mir gesagt?" Pilatus antwortete: „Bin ich ein Jude? Dein Volk und die Hohepriester haben dich mir überantwortet. Was hast du getan?" Er antwortete: „Mein Reich ist nicht von dieser Welt." Da sprach Pilatus: „So bist du dennoch ein König?" Er antwortete: „Du sagst es. Ich bin dazu geboren, dass ich für die Wahrheit zeugen soll." Die Schrift erfüllte sich also.

Am Kreuze standen die Marias und der Jünger, den er lieb hatte.

Joseph von Arimathia bat bei Pilatus um die Abnahme des Leichnams vom Kreuz. Nikodemus half ihm und mit Myrrhe, Aloe und leinenen Tüchern wurde der Leichnam versorgt und ins Grab gelegt.

Am ersten Tag der Woche kam Maria Magdalena und sah, dass der Stein vom Grabe weggerollt war.

Maria Magdalena lief zu den Jüngern Simon Petrus und zu Johannes.
Am Grab angekommen sahen die Jünger nur die Leinentücher und das Schweißtuch an einem anderen Ort. Sie wussten noch nicht von der Auferstehung und der Tat, dass er der Beistand der verirrten und verstorbenen Seelen geworden war.
Als Maria Magdalena in tiefe Trauer versank und ihm am liebsten in das ewige Leben folgen wollte, ging er auf sie zu.
Sie erkannte ihn aber nicht und meinte, es sei der Gärtner.
Er spracht zu ihr: „Rühre mich nicht an! Denn ich bin noch nicht aufgegangen zu meinem Vater. Ich fahre auf zu meinem und zu eurem Vater. Verkündige meine Auferstehung den anderen."

Am See Tiberias wollte Simon Petrus mit einigen Jüngern eines Abends fischen gehen. Die ganze Nacht waren sie erfolglos und kehrten müde und hungrig am nächsten Morgen zurück.
Da kam er zu ihnen und sprach: „Kinder, habt ihr nichts zu essen?" Ohne zu wissen, wen sie vor sich hatten, antworteten sie ihm: „Nein." Er aber

sprach zu ihnen: „Werfet das Netz zur Rechten des Schiffes, so werdet ihr Fische finden." Sie warfen es aus und konnten es nicht mehr aus dem Wasser herausziehen. So viele Fische schwammen darin.

Johannes erkannte den Meister und rief: „Es ist unser Meister." Da kamen die anderen Jünger und überzeugten sich von dem Wunder und sie halfen mit und zogen gemeinsam das Netz an Land. Hundertdreiundfünfzig große Fische hatten sie gefangen. Es wurde ein Feuer gemacht, die Fische wurden gebraten, sie wurden von ihm gesegnet und dann wurden sie mit Brot gegessen.

Dieses Wunder und viele andere unglaubliche Dinge könnten ausführlicher niedergeschrieben werden. Die Welt würde die Bücher nicht fassen, die geschrieben werden müssten, um alle Wunder zu beschreiben.

Viele Tage fanden mit ihm vielfältigste Begegnungen statt. Am vierzigsten Tag versammelten sich viele Menschen und er sprach: „Johannes hat mit Wasser getauft, ihr aber sollt mit dem Heiligen Geist getauft werden." Und, als er alles gesagt hatte, weitete sich sein Wesen und er

stieg auf, bis er in einer großen Wolke ent-
schwand.

Am Pfingsttag waren alle Jünger versammelt.
Matthias wurde zu den Elf zugeordnet, damit sie
wieder Zwölf sein konnten. Und plötzlich kam ein
gewaltiges Brausen vom Himmel. Ein starker
Wind erfüllte das ganze Haus. Es schien, als ob
ihre Zungen Feuer fingen. Alle wurden voll des
Heiligen Geistes und sie fingen an mit anderen
Worten zu sprechen. Jetzt konnten sie das Licht
und die Leichtigkeit in die Finsternis der Herzen
bringen. Keine Sprache war ein Hindernis mehr.

Petrus hatte einen Plan. Er wusste, dass im Übersinnlichen alles anders herum verlief als im Physischen. Er wusste jetzt auch, dass der Meister
im Ziel auf ihn warten würde.
Innerlich spannte er seinen Bogen und schoss
seinen Herzenspfeil. Er fühlte die Vereinigung
mit Gott.
Innerlich war er ja vom Ziel ausgegangen. Sein
Herz war mit dem göttlichen Herzen verbunden.
Nichts konnte ihn mehr erschüttern. Es hatte den
kürzesten Weg zum Ziel gefunden.

Auch Andreas hatte sein innerliches Gleichge-
wicht wieder gefunden. Vom Kopf bis zum Fuß
fühlte er die unglaubliche Leichtigkeit und Si-

cherheit in all seinen Gelenken und Fasern seines
Körpers.

Vor Gott würde seine Seele nach seinem Tod
gewogen werden.

Jakobus war von den Gerüchen überwältigt. Mit
seinem Geruchssinn legte er den Grundstein für
alle späteren kosmischen Geruchserlebnisse fest:
„Unser Dank gehört Gott, der uns jederzeit im
Dienste Christi triumphieren lässt und durch uns
an jedem Orte den Duft seiner Erkenntnis spüren
lässt. Denn wir sind Christi Wohlgeruch für Gott,
sowohl bei denen, die gerettet werden, als auch
bei denen, die verloren gehen; den einen als ein
Geruch vom Tode her zum Tode, den andern als
ein Geruch vom Leben her zum Leben" (2 Kor,
14-16).

Barthomäus wollte alles bis in seine letzte Faser
schmecken. Er war der Erste, der den Menschen
guten Geschmack beibringen sollte. Er sollte der
Verkündiger all der süßen Worte, aber auch der
bitteren Wahrheiten werden.

Thomas wollte alles mit seinen Augen begreifen.
Vieles konnte er mit seinen Augen erkennen,
leider „dachte" er aber auch manchmal zu viel
mit ihnen und verstrickte sich damit in Irrtümer.

Ein echter Herzens- und Sonnenmensch war Jakobus der Ältere.

Auf dem Fresko von Leonardo da Vinci (1452-1519) ist die Herzensgüte von Jakobus des Älteren wunderbar dargestellt.
Sichtbar wird auf dem Bild auch, dass die Herzenswärme unsere ursprüngliche Überlebenskraft gewesen ist.

Der zarte Philippus war schon zu Lebzeiten des Meisters der beste Zuhörer gewesen. Jetzt wollte er ihn mit übersinnlichen Ohren wahrnehmen! Es gelang ihm viel tiefer als Thomas in die geistige Wirklichkeit hineinzukommen.

Noch tiefer wollte Matthäus zum Christuswesen vordringen. Ihm gelang die Verbindung über das Pfingstereignis. Immer wieder hatte er den Eindruck, dass der Christus ihm über das Wort erscheine. Die Sprache wurde für ihn eine Melodie, gespielt auf einer Reihe aufeinanderfolgender Instrumente.

Zuguterletzt wollten noch Thaddäus und Simon sich ihrem Meister nähern und die Botschaft der Auferstehung ihren Mitmenschen mitteilen. Sie suchten den Christus „hinter" der Sprache, in den Ideen, Begriffen und im eigenen Selbst.

Ja, sie spürten, dass es hinter den Worten noch etwas gab, das nicht in Worte zu fassen war, das nicht aussprechbar war.

Sie suchten die sprachlose Idee.

Und sie fanden den allgemeinen Menschengeist: „Im Anfang war das Wort, und das Wort war bei Gott, und Gott war das Wort. Dasselbe war im Anfang bei Gott. Alle Dinge sind durch dasselbe gemacht, und ohne dasselbe ist nichts gemacht, was gemacht ist." (Joh 1,1-3)